¡UN DÍA UNA SEÑORA SE TRAGÓ UNA CARACOLA!

Lucille Colandro
Ilustrado por Jared Lee

SCHOLASTIC INC.
New York   Toronto   London   Auckland
Sydney   Mexico City   New Delhi   Hong Kong

A tía Grace y tía Connie, con amor
— L.C.

A mi hija, Jennifer, que ilumina mis días
— J.L.

Originally published in English as *There Was an Old Lady Who Swallowed a Shell!*

Translated by María Domínguez

ISBN 978-0-545-27412-8

12 11 10 9 8 7 6 5 4 3 2   14 15 16/0

Printed in the U.S.A.   40
First Spanish printing, January 2011

Un día una señora se tragó una caracola.
Pero no sé por qué se tragó la caracola.
Eso no lo explicó la señora.

Un día una señora se tragó un cangrejo viejo.
¿Por qué se tragó un cangrejo tan viejo?

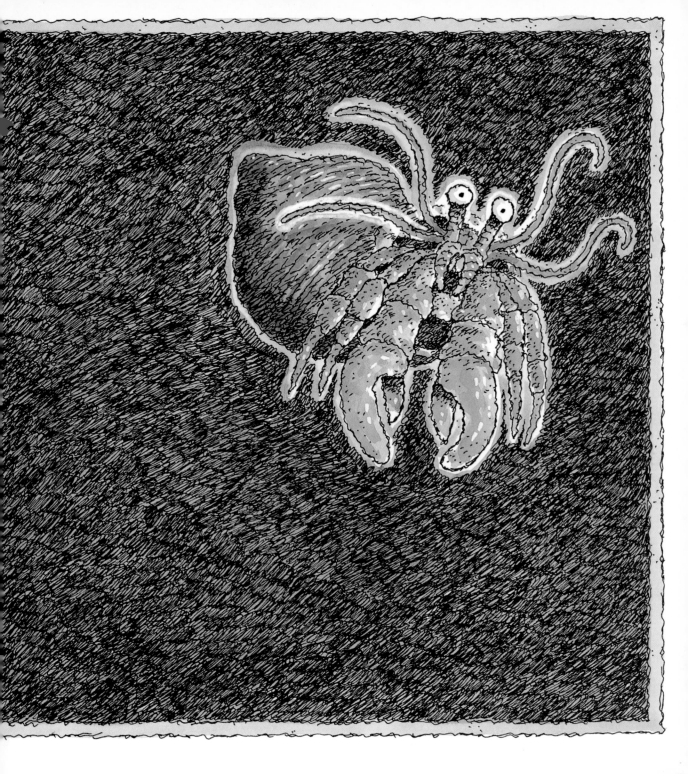

e tragó el cangrejo para que viviera en la caracola.
Pero no sé por qué se tragó la caracola.
Eso no lo explicó la señora.

3

Un día una señora se tragó un pez.

¡Un pez feo y gracioso a la vez!

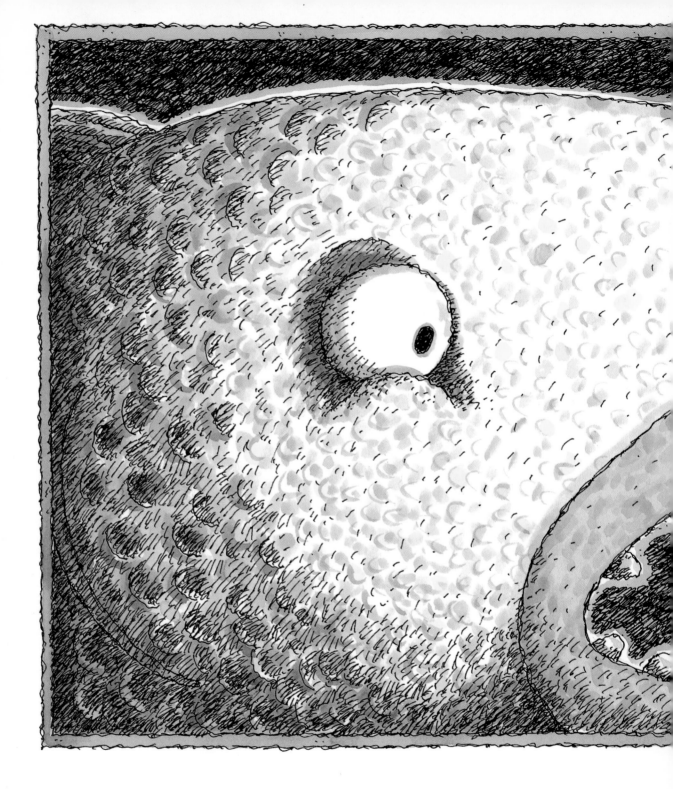

Se tragó el pez para que atrapara al cangrejo.
Se tragó el cangrejo para que viviera en la caracola

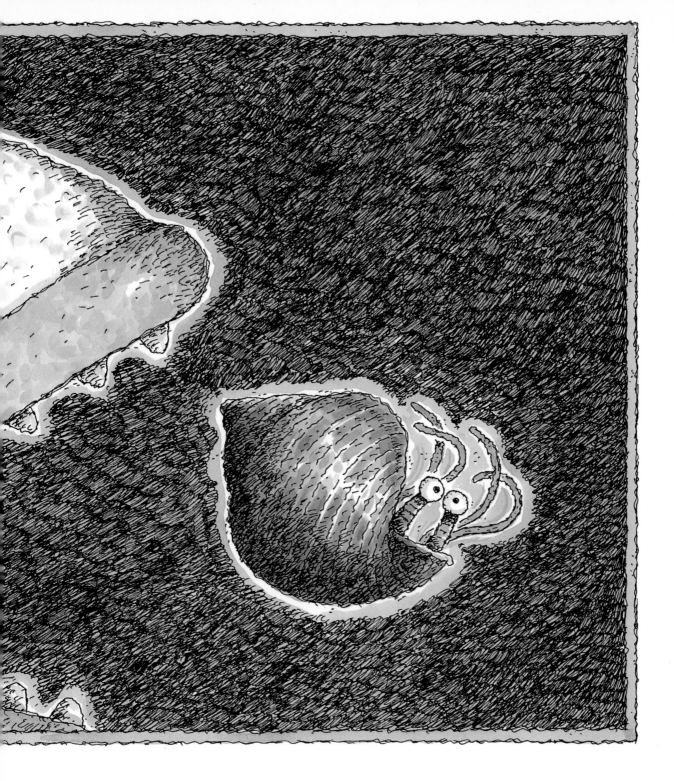

Pero no sé por qué se tragó la caracola.
Eso no lo explicó la señora.

Un día una señora se tragó una gaviota.

Se tragó la gaviota al abrir su bocota.

Se tragó la gaviota para que pescara el pez.
Se tragó el pez para que atrapara al cangrejo.
Se tragó el cangrejo para que viviera en la caracola

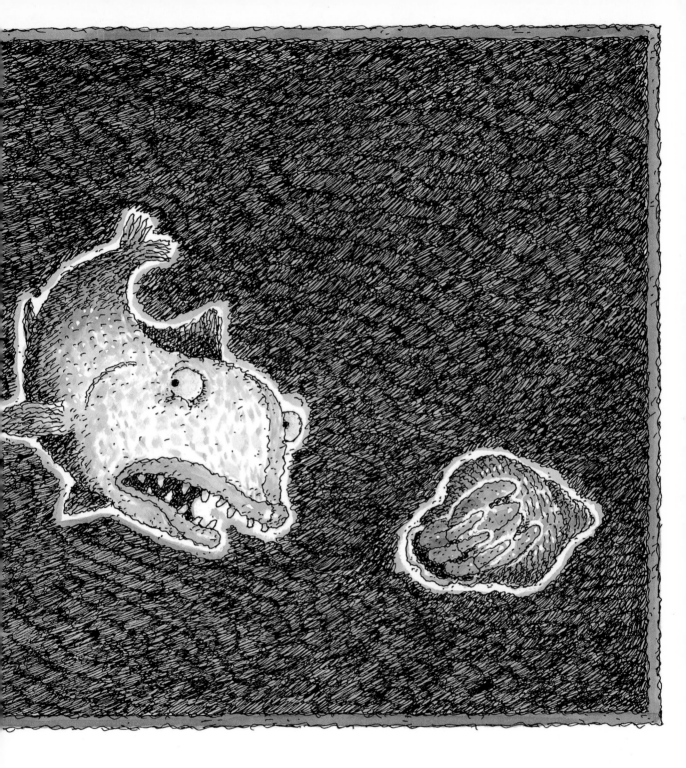

Pero no sé por qué se tragó la caracola.
Eso no lo explicó la señora.

Un día una señora se tragó un balde.

Se tragó un balde a las dos de la tarde.

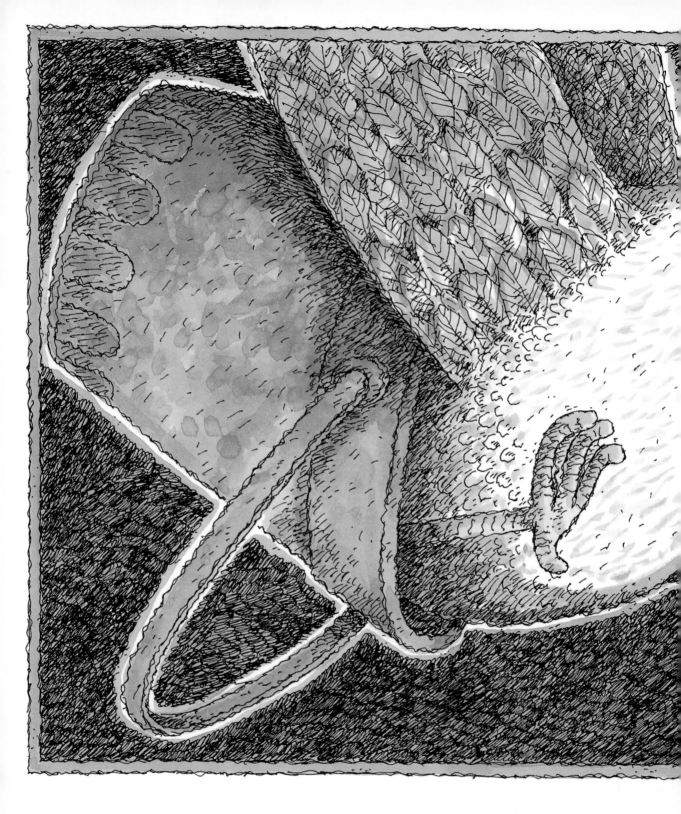

Se tragó el balde para cargar a la gaviota.

Se tragó la gaviota para que pescara el pez.

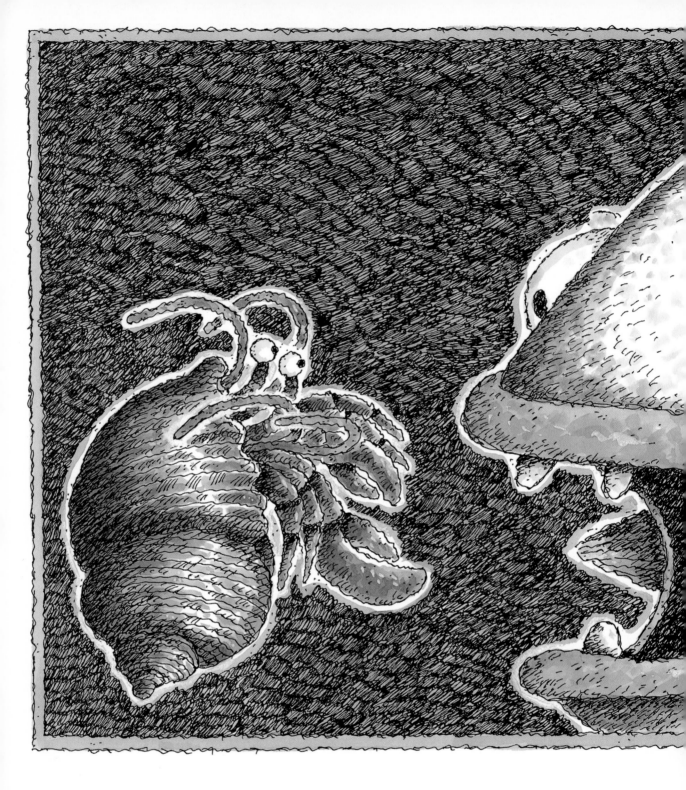

Se tragó el pez para que atrapara al cangrejo.
Se tragó el cangrejo para que viviera en la caracola.

Pero no sé por qué se tragó la caracola.
Eso no lo explicó la señora.

Un día una señora se tragó un montón de arena.

¡Tragó y tragó hasta que quedó llena!

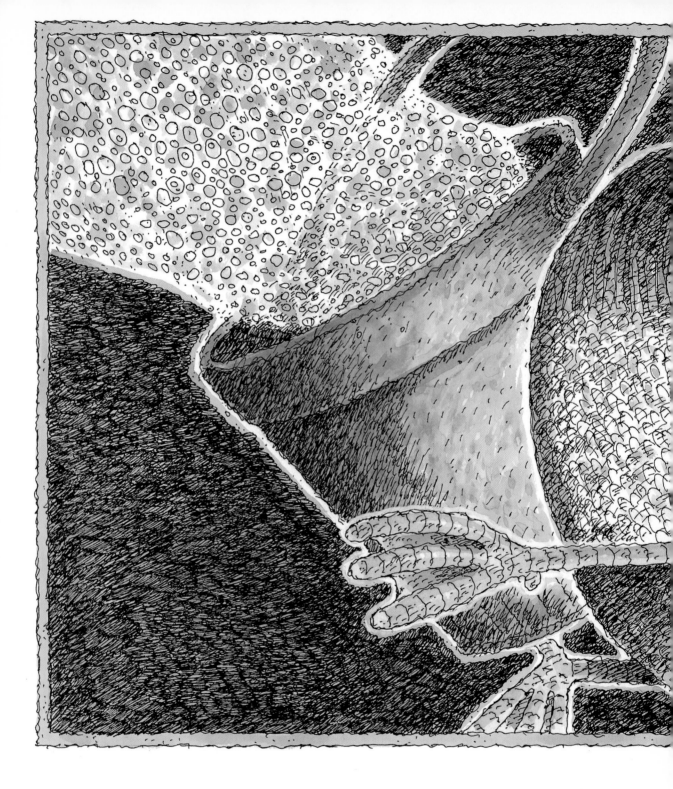

Se tragó la arena para llenar el balde.

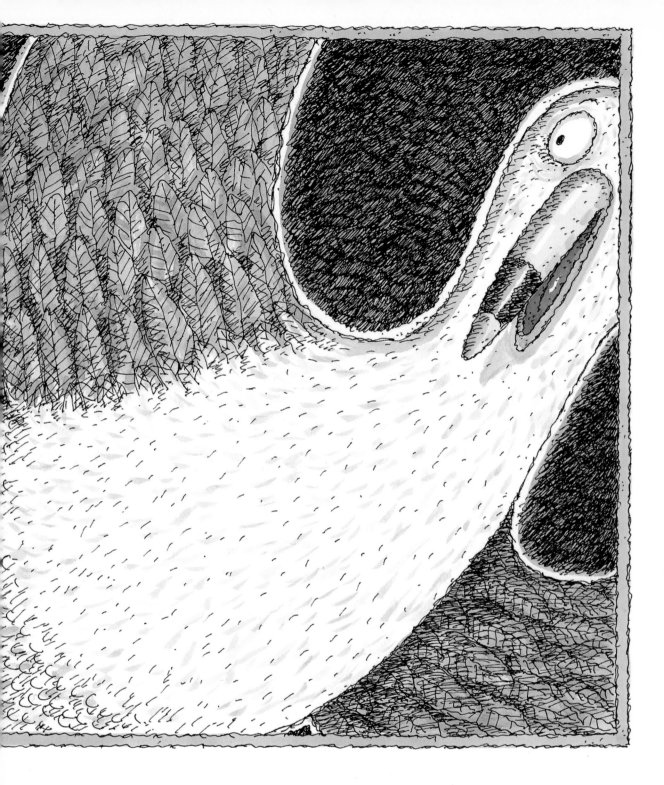

Se tragó el balde para cargar a la gaviota.

Se tragó la gaviota para que pescara el pez.

Se tragó el pez para que atrapara al cangrejo.

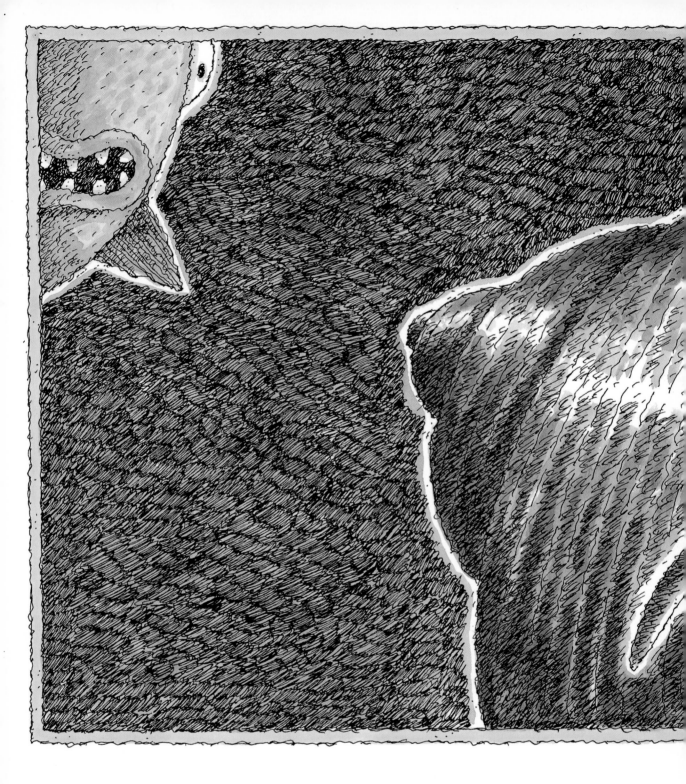

Se tragó el cangrejo para que viviera en la caracola

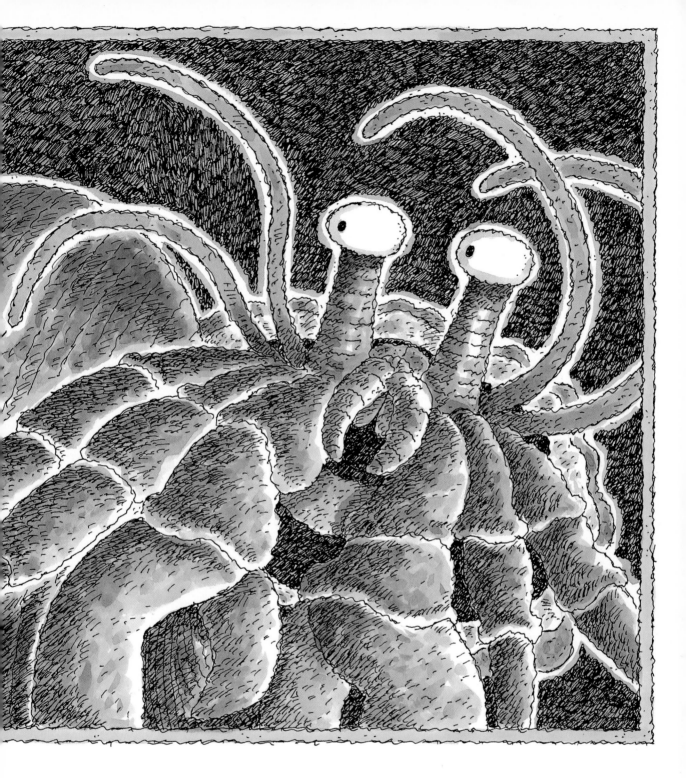

Pero no sé por qué se tragó la caracola.
Eso no lo explicó la señora.

Un día una señora se tragó una ola gigante.

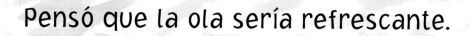

Pensó que la ola sería refrescante.

De repente, la ola la hizo eructar...

¡formando un castillo a la orilla del mar!